ISBN 978-2-211-05608-3
Première édition dans la collection *lutin poche* : octobre 1999

Loi numéro 49 956 du 16 juillet 1949 sur les publications
destinées à la jeunesse : avril 1996
Dépôt légal : mai 2008
Imprimé en France par Mame Imprimeurs à Tours

Grégoire Solotareff

Toi grand et moi petit

lutin poche de l'école des loisirs
11, rue de Sèvres, Paris 6e

Il y avait une fois un petit éléphant.

Et puis il y avait le roi des animaux.

C'était un roi ni très petit, ni particulièrement grand.

Un jour le petit éléphant, qui avait perdu ses parents,
suivit le lion jusqu'à son palais ;
mais le lion ne le laissa pas entrer.
« Va-t'en ! » dit-il. « Disparais, crevette grise !
Puce à queue ! Fiche-moi la paix ! »
C'était plus par énervement que par méchanceté.
Quand le lion alla se coucher, le petit éléphant resta
devant la porte du palais et s'endormit sans mot dire,
sans pleurer non plus car il était très courageux.
Et puis il n'avait rien d'autre à faire, et surtout,
plus personne au monde.

Le lendemain matin, alors qu'il faisait particulièrement froid, le lion eut quand même un peu de peine en voyant le petit éléphant couché par terre.

Il le fit entrer dans son palais et lui offrit un petit déjeuner.
« Allez, entre ! » lui dit-il, « et mange quelque chose,
je ne veux pas te voir mourir de faim ou de froid ! »

Le soir même, il lui lut quelques histoires. Des histoires de lions féroces et invulnérables. Le petit éléphant avait sans cesse les yeux fixés sur le roi ; il n'en avait pas peur, pas vraiment ; c'était à la fois une toute petite crainte, peut-être, mais surtout une grande admiration.
« Tu sais parler, au moins ? » lui demanda le lion, « je n'ai pas encore entendu le son de ta voix. »
« Moi, petit ! » dit l'éléphant.
« Je vois… » soupira le lion.

Il est vrai que le petit éléphant ne savait pas bien parler
(ni lire, ni écrire, bien sûr), mais il savait chanter :
des petites chansons que lui avait apprises sa mère.

a première nuit où il coucha dans le palais, allongé au pied du lit yal, il chanta tout doucement une de ses petites chansons d'éléphant our endormir le lion. Et il s'endormit en même temps que lui.

Après quelques jours, voilà qu'ils ne se quittent plus.
Durant des heures entières, le lion raconte au petit éléphant tout ce qu'il connaît, ce qu'il a vu, tout ce qu'il a lu, tous ses voyages et même ceux qu'il n'a pas vraiment faits mais qu'il aurait voulu faire. Il lui parle d'animaux terribles qu'il a combattus, d'une princesse lionne qu'il a connue, puis de son trône, de sa couronne, enfin de tout ce qu'il possède, et il possède énormément de choses puisque c'est lui le roi des animaux.
« Toi grand ! » dit le petit éléphant.
Ils deviennent donc inséparables.
Comme deux frères : un grand et un petit.
Ou plutôt comme un fils et son père,
ce qui n'est pas tout à fait la même chose.

Un après-midi, alors que tout le monde fait la sieste, le lion se déguise en chien, avec une laisse et un collier, pour faire plaisir à l'éléphant.
Mais rapidement le roi en a assez.
« Cela suffit ! » dit-il. « Je suis quand même le roi !
Et puis il faut rentrer, il fait froid. »
Un autre jour, le roi prend l'éléphant sur ses épaules et c'est formidable d'être sur les épaules d'un lion lorsque l'on est un éléphant.
« Descends, maintenant ! » dit le lion brusquement.
Le petit éléphant s'amusait bien, pourtant !
Mais il descend, bien sûr, sans rouspéter.
Un autre jour encore le roi veut jouer à *Roi des rois* : le petit éléphant doit alors faire tout, mais absolument tout ce que lui dit le roi, sans refuser.
Ce jeu-là dure des heures entières sans que jamais le lion en ait assez. Lorsque le petit éléphant demande :
« Et maintenant, qu'est-ce qu'on fait ? »
le roi répond : « Et maintenant, on continue à jouer. »

Le temps passe et l'éléphant grandit, grandit, eh oui, comme tous les enfants ! À présent il sait parler, mais il sait beaucoup d'autres choses.

Quant au lion, il ne grandit pas, lui.
Comme un papa, il a fini de grandir depuis longtemps.
« Tu es immense », dit le roi.
« Ah bon ? » fait l'éléphant.

« Il y a quelque chose qui ne va pas ! » fait le lion.
« Tu es trop grand pour moi ! Quand je me promène avec toi, je n'ai plus l'impression d'être le roi. »
Pourtant, pour paraître plus petit, l'éléphant s'est mis à quatre pattes et le lion est monté sur son dos.
« Pour moi », dit-il au roi, « ça ne change rien. »
« Vraiment ? » demande le lion.
« Vraiment, sincèrement et définitivement ! » répond l'éléphant.
Et il se met à chanter une chanson qu'il a inventée :

« Toi grand et moi petit
Même si tu deviens le plus petit
Parce que j'ai grandi
Tu seras toujours le plus grand
Et le plus élégant
Le souverain de la Saint-Glinglin
Et moi, le plus petit
Mais le plus mimi
Le moins grand
Mais le plus marrant
N'oublie jamais ça :
Toi grand et moi petit. »

« Tu as raison ! » reprend le lion après avoir écouté la chanson.
« Moi grand et toi petit, tout petit. »
Et ils continuent à se promener jusqu'à la nuit.

« Décidément, ça ne va pas ! » dit le lion après la promenade.
« Tu es trop grand pour moi. Et puis je n'ai plus rien à t'apprendre.
J'ai bien réfléchi : à présent il faut que tu t'en ailles
car je n'ai plus du tout l'impression d'être le roi. »

Après un long silence plein de tristesse, l'éléphant dit :
« Bien. Tu as dû y réfléchir longtemps avant de m'en parler.
Si c'est vraiment ce que tu veux, je m'en vais. » Et il s'en va.

Bien des années plus tard, l'éléphant pense encore beaucoup au lion. Au moins une fois par jour.

Au cours d'une balade en taxi, il voit quelqu'un sur un trottoir, drapé dans une couverture. Le taxi s'arrête, l'éléphant s'approche. C'est justement le lion !

« Bonjour, Majesté ! Est-ce que je peux vous aider ? » demande-t-il timidement, car il ne sait pas si le roi se souvient de lui.
« Majesté ? » s'étonne le lion. « Qui peut bien m'appeler encore ainsi ?… Mais je te reconnais ! Tu es le petit éléphant que j'ai recueilli et puis chassé de chez moi ! Moi grand et toi petit ! »
« Toi grand et moi petit ! » fait l'éléphant.
Et ils se jettent dans les bras l'un de l'autre.
« Que t'est-il arrivé ? » demande l'éléphant.
« Oh ! » dit le lion. « Je ne suis plus roi depuis longtemps. Figure-toi qu'on m'a chassé, moi aussi. Il paraît que j'étais trop fier ! Orgueilleux, ils disaient. Quelle bêtise ! »
« Et cette couronne que tu portes ? » demande l'éléphant.
« Eh bien, c'est une fausse couronne », répond le roi, « la vraie, on me l'a volée. Je suis même trop faible pour me lever et trouver à manger, alors pour me défendre, tu penses !… C'est ainsi, vois-tu! Je meurs tout doucement, là, dans la rue ! »
« Non ! Non ! Non ! » s'écrie l'éléphant « Je n'accepte pas ! Pour moi, tu es toujours le roi ! »

Il ne s'est pas passé dix jours, que le roi s'est rétabli. Pour ne pas paraître trop grand, l'éléphant marche à quatre pattes, comme avant. « Peux-tu enlever ta couronne ? » demande l'éléphant. Elle me chatoui le ventre. Et puis elle n'est pas nécessaire, je sais bien qui est le roi ! »

« Moi grand et toi petit ? » demande le lion.
« Toi grand et moi petit », fait l'éléphant. « Maintenant, il faut rentrer, il va faire nuit. »
« Rentrons ! » fait le roi. « J'enlèverai ma couronne à la maison. »